LUDWIG VAN BEETHOVEN,

ou

LE PETIT MAITRE DE CHAPELLE.

⬢

IMPRIMÉ PAR BÉTHUNE ET PLON, A PARIS.

⬢

LUDWIG VAN BEETHOVEN,

ou

LE PETIT

MAITRE DE CHAPELLE,

PAR Mme EUGÉNIE FOA.

PARIS.

AUBERT ET Cie, ÉDITEURS,

PLACE DE LA BOURSE, 1.

1841.

BETHOWEN OU LE PETIT MUSICIEN.

LUDWIG VAN BEETHOVEN,

ou

LE PETIT MAITRE DE CHAPELLE.

CHAPITRE PREMIER.

Le pot de pommade.

— Mon Dieu! que c'est désagréable d'être laid!... disait un petit garçon de cinq ans monté debout sur une chaise devant une cheminée, ce qui mettait son visage à la hauteur de la glace du trumeau qui décorait cette cheminée; et, armé d'une brosse, et puisant dans un pot de pommade qu'il avait à sa portée d'énormes portions de son contenu qu'il posait sur ses cheveux noirs et crépus, il essayait avec sa brosse de donner à sa

1

chevelure hérissée une position couchée.
Mon Dieu! que c'est désagréable d'ê-
tre laid, surtout quand on est le fils aîné
de M. Beethoven, premier ténor de la
chapelle électorale de Cologne, qu'il me
faudra un jour chanter dans la chapelle,
et que j'entendrai toutes les femmes crier :
Mon Dieu! qu'il est laid... Là... j'ai beau
mettre de la pommade, en mettre tant
et plus..... jamais ces cheveux ne seront lisses comme les cheveux de Charles
ou de Jean... jamais! Mon Dieu! que
mes frères sont heureux d'être blonds... et
jolis... Maudite mèche de cheveux crépus... Voyez comme elle se relève... en-
têtée de mèche, va!... Je suis en colère...
oh! que je suis en colère... comme la bonne
quand la soupe se renverse.... comme
M. Stumer, mon maître d'écriture...
quand je ne peux pas faire ce qu'il veut...
Et cette veste, comme elle me rend gros,

bouffi... et mon pantalon, comme il est laid... et mes souliers!... que je suis mal chaussé... Et cette petite Léonore, qui est si moqueuse!... aussitôt qu'elle me verra... elle se moquera de moi... Voilà le gros poupart... ou le vilain grognon... ou le petit ours mal léché... Et puis, elle me demandera peut-être encore, avec son petit air moqueur, pourquoi j'ai pris la tête à ours avec laquelle ma bonne balaie les plafonds pour ôter les toiles d'araignées... au lieu de prendre une jolie petite tête blonde... comme Charles ou Jean... Encore cette mèche qui ne veut pas s'aplatir... à force de pommade, pourtant... j'en mettrai trois pots, s'il le faut... je suis tout en nage... que c'est fatigant d'être laid... Si j'étais joli... il y a une heure que je serais prêt... Et je parie... oh! je le parie, qu'après tout le mal que je me suis donné... Léonore ne sera pas contente...

Parce qu'elle a deux ans de plus que moi, qu'elle a sept ans, qu'elle est grande fille, enfin... elle se croit tout permis... mais je sais bien ce que je ferai... je la rosserai... tant... tant... et tant... qu'elle finira par bien m'aimer...

— Joli moyen pour se faire aimer, Louis! dit une jeune femme paraissant à la porte de la chambre.

— Dam, maman, c'est un moyen comme un autre, répondit Louis passant toujours la brosse sur sa tête avec la même intrépidité.

— Et qui t'apprêtes-tu à traiter avec des façons si courtoises? dit la nouvelle arrivée.

— Léonore, dit Louis.

— Léonore, la nièce de l'électeur de Cologne? demanda la jeune femme.

— Elle-même, affirma le petit garçon...

— Et pourquoi, mon enfant?

— Parce qu'elle ne m'aime pas donc, répondit le petit sans hésiter.

— Et tu espères te faire aimer...

— A force de la battre, oui, dit Louis, achevant la phrase de sa mère.

— Écoute-moi, Louis, dit madame Beethoven s'avançant dans la chambre : si M. Stumer, ton maître d'écriture, que tu n'aimes pas extrêmement, te battait..... beaucoup, l'aimerais-tu davantage ?

— Encore moins... dit Louis étourdiment.

— Alors... lui dit sa mère...

— Oui, maman : mais d'abord, Léonore n'a pas pour me détester le motif que j'ai, moi, pour ne pas aimer M. Stumer : je ne lui enseigne pas à écrire, moi ; je ne passe pas une heure tous les jours à lui dire : Ne raidissez pas vos doigts... tenez mieux votre plume... le corps éloigné de la table...

ne faites pas aller vos coudes... ne remuez
pas les mains... ce jambage est tordu , re-
commencez... ça n'est pas ça... recom-
mencez encore... Si vous étiez mon fils , je
vous mettrais au pain et à l'eau pendant
quinze jours... Comme c'est amusant... je
ne lui dis pas tout ça , moi , à Léonore :
donc , elle n'a aucune raison pour ne pas
m'aimer ; donc , il faut qu'elle m'aime....

— Ta, ta, ta... Mais, que fais-tu donc
là , huché sur cette chaise? lui dit la mère
s'approchant tout à fait et s'apercevant
alors seulement de l'occupation de son
fils... Ah ! mon Dieu , ma pommade!...

— Dam , je me fais beau , répondit
Ludovic sans s'émouvoir.

A ces mots , deux enfants , l'un de quatre ans , l'autre de trois , récemment en-
trés dans la chambre , partirent d'un éclat
de rire , si net , si franc , que les larmes
en vinrent aux yeux de Louis.

— Riez, riez, dit-il en colère : ris, Jean; et toi aussi, Charles, ris donc: est-ce ma faute, à moi, si je suis laid, brun et crépu? si je ne suis pas blanc, rose et blond comme vous, est-ce ma faute?

— Non, mon pauvre Louis, dit la jeune mère, qui se reprochait d'avoir ri, et voulait par une douce caresse effacer cette fâcheuse impression causée sur son enfant!... non... d'ailleurs, tu n'es pas laid... quand tu es sage.

— Si, je suis laid... je le suis, dit Louis en pleurant, et c'est ce qui me fait pleurer; et quand je pleure, je suis encore plus laid, je le sais encore : aussi personne ne m'aime.

— Et moi, Louis? lui dit sa mère d'un ton de reproche et de tristesse.

— Vous, vous m'aimez parce que vous êtes ma mère, et que les mères sont obligées d'aimer toujours leurs enfants, répondit Louis... mais les autres... mais mademoiselle Simrok, mais Léonore...

— Léonore ne t'aime pas parce que tu la bats... Louis, lui dit Charles.

— Je la bats parce qu'elle ne m'aime pas, répliqua Louis, et je la battrai tant qu'elle finira par m'aimer...

— Comme si on aimait les gens qui vous font du mal, répliqua le plus petit des enfants qui pouvait à peine parler.

Dans ce moment M. Beethoven parut. Mais, pour bien faire comprendre ce qui va se passer, il est utile qu'au préalable je fasse le portrait au moral comme au physique de ce ténor, ainsi que celui de sa femme.

CHAPITRE II.

Le myosotis.

Monsieur Beethoven était un homme d'une cinquantaine d'années environ, ce qu'on est généralement convenu d'appeler un bel homme, c'est-à-dire, grand, gros, le visage plein et coloré, l'œil rond, bien ouvert, un nez comme tous les nez, la bouche grande, les dents belles, le menton rond avec une fossette au milieu. L'aspect froid, l'air dur. Comme tous les Allemands, il parlait peu; cette rareté de paroles fait, en général, écouter avec attention ceux qui sont doués de cette abstinence: un homme qui ne prodigue pas ses mots, qui ne les dit qu'après réflexion, ne souffre pas ordinairement la réplique, et ne se l'attire presque jamais.

A cet homme silencieux et assez absolu,
il fallait une femme comme celle qu'il avait :
bonne, simple, et d'une soumission si naturelle que, depuis leur union, et il y
avait sept ans qu'ils étaient mariés, jamais
une parole acerbe ne s'était échangée dans
le ménage. Cette soumission avait natu-
rellement gagné les enfants. Habitués
qu'ils étaient à voir leur mère obéir sur
un signe du mari, il ne leur serait jamais
venu à l'idée qu'eux pouvaient faire diffé-
remment : le chef avait parlé, tout était
dit. Du reste, beaucoup plus jeune que
son mari, madame Beethoven avait, à l'é-
poque dont nous parlons, vingt-cinq ans,
cette soumission pouvait passer pour de la
déférence.

— Est-on prêt ? dit M. Beethoven en
posant le pied sur le seuil de la chambre.

— Oui, mon ami ; oui, papa ; répondi-
rent à la fois la mère et les trois enfants

avec ce mouvement de raideur qui indi-
quait et la crainte inspirée par le chef, et
cette inaction des bras qui ont achevé leur
ouvrage.

— Tout le monde? demanda-t-il encore.

— Tout le monde. Cette fois ce fut la
mère qui répondit seule.

—Je viens de rencontrer M. Stumer qui,
est très-mécontent de Louis, dit M. Beethoven; et si je ne craignais de désobliger
cette bonne demoiselle Dorothée Simrok,
certes M. Louis resterait au logis...
Mais...

Au premier mot dit par son père, Louis
était devenu tout rouge et honteux; et madame Beethoven, avec cette ingénieuse câ-
linerie toute maternelle, avait saisi la main
de son mari, et, la pressant tendrement
comme pour se faire pardonner d'oser in-
tercéder pour son fils, se hâta de dire :

— Mais cela ferait beaucoup de peine à

Dorothée... et puis, Louis fera mieux demain.

— Alors en route, dit M. Beethoven offrant le bras à sa femme.

La soirée était magnifique et, bien que l'automne touchât à sa fin, le froid ne se faisait pas encore sentir. L'habitation de M. Beethoven était située sur la rive gauche de ce fleuve majestueux, le Rhin, qui traverse tant de villes, tant de bourgs, et dans les eaux duquel se mirent tant de montagnes et de vieux châteaux. En côtoyant ses bords fleuris et embaumés, on arrivait à la résidence de l'archiduc Maximilien d'Autriche, à qui la couronne électorale venait d'échoir.

Ce fut vers cette résidence que se dirigea la petite famille. Jean et Charles, se tenant par la main, marchaient devant, M. et madame Beethoven venaient ensuite. Louis, encore tout honteux de la réprimande de son père, suivait de loin.

La conversation fut long-temps nulle, et ne se bornait qu'à de simples avertissements de la jeune mère à ses enfants.

— Enfants, n'allez donc pas si vite... ne vous approchez pas de l'eau... Jean, ne quitte pas la main de ton frère... et autres phrases comme celles-ci ; puis elle essaya , avec cette adorable timidité de femme soumise , d'entamer un entretien avec son mari.

— Voyez donc, mon ami, la joie de Jean et de Charles, dit-elle faisant remarquer à son mari les deux plus jeunes enfants sautant et gambadant devant elle.

— Oui, répondit M. Beethoven, dont la figure ne marqua aucune émotion.

— Ils sont si contents d'aller chez mademoiselle Simrok, de manger de la crème , de pouvoir courir dans le beau parc de l'électeur. Mademoiselle Simrok a une bonne place, savez-vous ?

— Très-bonne ! dit M. Beethoven sur le même ton.

— Il est vrai de dire que pour une vieille fille pauvre, car Dorothée est vieille et pauvre, reprit madame Beethoven avec cette ténacité des femmes qui veulent soutenir une conversation ; vivre dans un beau château, avoir à ses ordres de nombreux domestiques... qu'on ne paye pas... Enfin, être femme de charge de l'électeur Maximilien... de plus, gouvernante de la petite Léonore, nièce de l'électeur... c'est beau : n'est-ce pas, mon ami ?

— Oui, dit toujours le ténor de la chapelle.

— Où est donc Ludwig, demanda madame Beethoven regardant avec inquiétude autour d'elle ?

— Louis ? dit Jean, appelant ainsi son

frère par abréviation, il se sera arrêté sous un arbre pour causer avec les petits oiseaux.

— Louis! cria M. Beethoven.

A cette voix forte et mâle, dont les accents vibrèrent au loin, Louis montra tout à coup sa tête brunie et crépue au-dessus d'un massif de joncs qui s'élevaient touffus sur les bords du fleuve. A la vue de ses parents il cacha derrière lui un objet qu'il tenait à la main.

— D'où venez-vous, Louis? lui dit sa mère d'une voix doucement grondeuse.

— De là, maman, répondit Ludwig tout rouge et indiquant les bords du fleuve.

— Et que faisiez-vous? demanda encore sa mère?

— Rien, dit-il, c'est-à-dire j'écoutais aussi...

— Quoi?... interrompit M. Beethoven,

qui n'aimait ni les longues conversations ni les réponses tardives.|

— J'écoutais le bruit de la rivière... dit Louis les yeux toujours baissés.

— Ne voilà-t-il pas quelque chose de bien intéressant que le bruit de la rivière, pour y rester caché parmi des joncs et nous inquiéter votre père et moi !... Marchez devant avec vos frères.

Louis obéit, mais, en obéissant, la main qu'il tenait derrière lui changea de place, elle passa subitement devant, et alla avec ce qu'elle contenait se dissimuler sous le pan de sa veste.

— Voulez-vous me dire, Louis, ce que vous trouvez d'amusant dans le bruit de la rivière? demanda madame Beethoven; voulant, à défaut de son mari, continuer à parler avec ses enfants... Mais répondez, Louis, quand je vous parle.

— C'est que cela fait de la musique, dit Louis sourdement.

— Cet enfant là voit de la musique partout, dit madame Beethoven.

— Qu'as-tu là, Louis? dit Jean à son frère en lui montrant sa main cachée.

— Ça ne te regarde pas, répondit Louis.

— Oh! mon Dieu, comme tu réponds... reprit Jean, on ne te la mangera pas, ta main, tu peux bien la mettre à l'air.

— Veux-tu courir avec nous, Louis? dit Charles de sa petite voix caline.

— Non, je n'ai pas envie de courir, dit Louis brusquement.

— Comme cet enfant est sauvage! dit madame Beethoven en s'adressant à son mari.

— Bast... fit le maître de chapelle en faisant sauter un caillou devant lui avec sa canne.

2

La famille était alors arrivée à la grille du château ; elle vit venir à sa rencontre une femme d'un certain âge, la figure agréable, d'une propreté remarquable, et tenant par la main une petite fille de sept ans. Un homme d'un âge mûr les suivait.

— Bonjour, monsieur et madame Beethoven, dit la femme de charge, saluant gracieusement les nouveau-venus... Vous voilà avec tous les enfants... c'est bien, c'est charmant à vous. Bonjour, Ludwig ; bonjour, Jean ; bonjour, mon petit Charles.. Allez jouer avec Léonore, mes amours, allez... Voilà mon frère qui a bien voulu quitter son magasin de musique pour faire collation avec nous. A ces mots l'homme âgé qui accompagnait mademoiselle Dorothée s'avança à son tour pour saluer les nouveaux arrivés.

— Bonjour, monsieur Simrok, lui dit

M. Beethoven en lui tendant cordialement la main, je suis charmé de vous trouver chez mademoiselle votre sœur.

— Je voulais vous faire compliment, mon cher monsieur Beethoven, dit M. Simrok après avoir respectueusement ôté son chapeau devant la jeune femme, sur la manière admirable dont vous avez chanté dimanche dernier à la chapelle... A propos de ça dites-moi donc quelle est la voix si juste, si pure, qui dans le chœur d'enfants dominait les autres voix? tout le monde en était ravi.

— C'était celle de mon aîné, de Ludwig, dit M. Beethoven.

—Vous avez là, mon cher, un enfant bien remarquable, dit M. Simrok.

— Il n'est bon qu'à ça, dit tristement M. Beethoven.

—Comment, qu'à ça? demanda M. Simrok.

— Oui, mon cher éditeur, répondit le ténor de la chapelle, ôtez-le du chant ou du piano, et il n'est plus bon à rien.

— M'est avis que c'est assez, reprit le marchand de musique.

— Oui, certes, mon cher monsieur Simrok, si avec ça cet enfant voulait étudier, s'il était un peu sociable même, mais non ; voyez : il est toujours à l'écart, sombre, bourru, préférant la solitude à la société même de sa mère, de ses frères....

— Tenez, tenez, interrompit M. Simrok faisant en même temps signe de garder le silence, voyez votre sauvage !

Et le marchand de musique montra du doigt à M. et madame Beethoven leur fils aîné sortant de sa veste un bouquet de myosotis et l'offrir d'un air craintif à la petite Léonore, puis devenir tout rouge en le voyant accepté.

CHAPITRE III.

La musique et le vin du Rhin.

Quelques jours après, M. Simrok ayant édité de la musique nouvelle voulut en faire hommage à M. Beethoven, et se mit en route pour la petite habitation que ce dernier occupait à Bonn, dans l'électorat de Cologne, sur les bords du Rhin.

En approchant de la maison du ténor de la chapelle, une inquiétude saisit le marchand de musique : il n'avait pas prévenu de sa visite, la famille pouvait être sortie, le temps était assez beau pour cela, et il est désagréable de faire une longue course à pied et de trouver *porte de bois* en arrivant, c'est-à-dire personne pour vous recevoir et pour vous offrir le moindre verre de vin du Rhin ; ma véracité d'historien m'obligeant de vous dire que

M. Simrok ne détestait aucun vin quelconque, et que même, disaient d'aucuns qui prétendaient le tenir de bonne part, le bon Allemand témoignait surtout une affection très-prononcée pour celui que je viens de désigner.

Lorsque la maison, située sur le versant d'un charmant coteau, se découvrit à lui, ses craintes se tournèrent presque en certitude; toutes les croisées étaient fermées, la porte aussi, et ni dans le jardin, ni aux alentours, on ne voyait vestige d'habitants. Cependant, quand il fut à la portée de la voix, il entendit les sons d'un piano habilement touché; cela rassura le marchand, il frappa hardiment à la porte.

— M. Beethoven y est-il? demanda-t-il à la seule et unique servante de ce modeste ménage, qui vint lui ouvrir.

— Non, monsieur.

— Et madame? demanda-t-il encore.

— Pas davantage, monsieur Simrok, répondit cette servante, et j'ose dire que monsieur et madame seront bien fâchés de ne pas s'être trouvés au logis pour y recevoir monsieur Simrok, qui vient si rarement... Oh! mon Dieu, oui ils en seront bien fâchés, ajouta cette femme à qui le silence du marchand permettait de se livrer à toute sa loquacité. — Madame ne se souciait pas trop de sortir, mais quand une fois monsieur a parlé... monsieur Simrok connaît monsieur et sait qu'il ne permet pas la réplique... donc, quand monsieur a parlé, il n'y a rien à dire... qu'à obéir. Or, ce soir, monsieur dit à madame: Mets ton chapeau, Charlotte, prends les petits et allons dîner chez le pasteur de Bonn... qui a une messe nouvelle à me faire chanter pour l'office de dimanche prochain, et ils sont partis.... Oh! mon Dieu, il n'y pas long-temps... si monsieur était arrivé une heure plus tôt...

rien qu'une heure... certes il les eût trouvés... enfin, tant il y a qu'ils ne reviendront
pas avant ce soir.

Pendant que la servante parlait, M. Simrok était distrait de ses pénibles réflexions
sur le désagrément de s'en retourner sans
se rafraîchir , par les sons du piano qu'il
avait entendu en approchant et dont la
proximité où il se trouvait de cet instrument lui permettait de distinguer toute
l'habileté de celui qui le touchait.

— Mais tout le monde n'est pas sorti?
se hasarda-t-il enfin à dire à la servante,
j'entends de la musique.

— Ah! c'est le petit Ludwig qui est là
haut... Oh! celui-là, il ne sort pas sou-
vent... c'est un si vilain enfant...

— Méchant? demanda M. Simrok.

— Oh! pas précisément méchant, monsieur, reprit la vieille, certes non, avec la
meilleure volonté du monde on ne pourrait

pas dire qu'il soit méchant, il ne ferait pas
de mal à une mouche... mais c'est un caractère.... un caractère comme on n'en a
jamais vu.

— Hargneux... boudeur... entêté?...
demanda encore le marchand de musique,
espérant, à force d'allonger la conversation,
de voir arriver quelqu'un qui lui offrirait
d'entrer.

— Lui, hargneux ! jamais il ne dit mot...
monsieur Simrok... Oh! mon Dieu! pas
plus que boudeur, ni entêté... répondit
la servante... mais je veux dire un caractère féroce, à cause qu'il est toujours triste,
soucieux, sombre... à moins qu'il ne soit
seul à son piano, comme à présent... tenez...
Oh! alors... il est heureux... entendez-
vous... il en a bien pour jusqu'au milieu
de la nuit, sans bouger, sans appeler, sans
demander de la lumière même.

M. Simrok n'écoutait plus la bonne, at-

tentif sous le charme de la **musique**, qui
arrivait jusqu'à lui tantôt mélodieuse et
tendre, tantôt fougueuse, heurtant parfois
toutes les règles de l'harmonie sans la
briser, le morceau qu'il jouait était d'une
richesse extraordinaire.

— Peut-on entendre de près cet enfant ?
demanda-t-il enfinà la bon ne.

— Certes, oui, monsieur, donnez-vous
la peine d'entrer.

Et la vieille femme, introduisant M. Simrok dans l'intérieur de la maison, le fit
monter par un escalier en bois, étroit et
sombre, jusque dans une petite mansarde
où elle l'introduisit.

Retenant son haleine de peur de perdre
une seule note de cette étrange et admirable musique, M. Simrok, presque cloué
sur le seuil de ce taudis, regarda autour de
lui.

Le jour qui venait d'en haut tombait

d'aplomb dans l'intérieur de cette pièce et en faisait ressortir toute la nudité; trois choses en composaient l'ameublement : un piano, un violon, une chaise de paille; le violon était accroché au mur, et l'enfant, à genoux sur la chaise pour s'exhausser et mettre ses petits bras à la portée des touches, semblait inspiré devant le piano.

Quand il eut fini son morceau, il s'écria, se croyant seul, et avec une gaieté que le marchand de musique ne lui avait jamais connue : — Maintenant, mon violon !

Mais comme il s'approchait de l'endroit où il était pour le décrocher, il aperçut M. Simrok et s'arrêta tout rouge.

— Vous m'avez enchanté, mon petit, il faut que je vous embrasse, lui dit M. Simrok l'embrassant effectivement ; d'où vient donc que vous n'êtes pas sorti avec vos parents ?

— C'est que je suis en pénitence, répondit Ludwig avec une grande naïveté.

— Et qu'avez-vous donc fait de mal, mon enfant.

— Tout, monsieur.

M. Simrok se mit à rire. — Tout, c'est beaucoup! dit-il.

— C'est pourtant vrai, monsieur, dit Ludwig tristement, je ne peux rien apprendre, rien étudier.

— Et la musique?...

— Oh! je ne l'étudie pas, monsieur, je joue.

— Et vous jouez admirablement, mon enfant... et je voudrais vous entendre encore; mais, ajouta le marchand, je suis un peu fatigué, et pour mieux écouter.....

— Il vous faudrait... un verre... dit Ludwig en souriant.

— Une chaise, dit M. Simrok.

— Et, acheva Ludwig, un doigt de vin du Rhin... Puis appelant sa bonne, il lui dit : Sophie, apporte ici un plateau avec la bouteille cachetée que papa met de côté tous les jours après son dîner, une assiette de biscuits et un verre bleu.

— Oh! deux verres, répliqua M. Sim-rok dont la grosse figure s'épanouit d'aise... Vous ne refuserez pas de me tenir compagnie, mon enfant?

— Deux verres, cria Ludwig pour toute réponse.

Sophie ne tarda pas à paraître avec les objets demandés ; ne se trouvant pas de table dans la mansarde, elle posa le plateau sur le poêle. M. Simrok s'assit sur la seule chaise qu'il y eût. Ludwig alla chercher une caisse en bois qu'il établit devant son piano, et sur laquelle il monta ; puis se tournant à demi vers le marchand, il lui dit : — Buvez... ne vous gênez pas, et dites-moi ce que vous voulez que je vous joue... du Haydn ou du Mozart?...

— De l'un et de l'autre... dit **M.** Simrok mettant du vin dans les deux verres, et commençant à boire.

Une heure se passa ainsi pendant laquelle le petit Beethoven, avec une complaisance charmante, joua alternativement et de mémoire des morceaux de l'un et de l'autre des artistes nommés. **M.** Simrok n'avait pas attendu l'heure pour vider jusqu'à la dernière goutte la bouteille qu'il avait devant lui.

— Admirable! dit-il quand il n'y eut plus de vin que celui versé dans le verre de Ludwig... Toutefois... c'est singulier... j'aime bien Haydn, j'aime bien Mozart... et, cependant, je crois que j'aime encore mieux ce que vous jouiez quand je suis entré.

M. Beethoven, qui était rentré, parut à ce moment dans la mansarde et, s'avançant vivement vers son vieil ami, il s'excusa de

ne pas s'être trouvé là pour le mieux recevoir.

— Mais, à part votre société et celle de
madame, dit-il en s'inclinant devant madame Beethoven qui suivait son mari, le
petit m'a très-bien reçu... il joue bien, il
boit bien, ce sera un jour un grand musicien, monsieur Beethoven.

— Comment..... je bois bien !.... dit
Ludwig lui montrant en souriant son verre
auquel il n'avait pas touché.

— Merci, mon enfant, dit le marchand
de musique en prenant le verre. A votre
santé, madame, ajouta-t-il en l'avalant
d'un trait; puis se tournant vers le père
Beethoven, il reprit : Mon ami, ton enfant est extraordinaire; c'est un meurtre
de ne pas cultiver ce talent précoce : demain je parlerai à Van der Eden, l'organiste de la cour, et un bon pianiste, c'est
moi qui te le dis, tu peux te fier à ma pa-

role, et il faut qu'il donne des leçons au petit.

— Tu sais que je ne suis pas riche, Simrok, fit observer Beethoven.

— Le bonheur d'avoir un élève comme ton fils le payera certes et au delà de ses soins, reprit Simrok : ainsi c'est dit ; envoie demain le petit chez Van der Eden, j'en fais mon affaire. Et le marchand de musique se retira la tête aussi échauffée de la musique de Ludwig que de la bouteille de vin du Rhin qu'il avait bue, et répétant : Ce petit joue bien, il boit bien, il ira loin.

CHAPITRE IV.

Le petit improvisateur,

Six ans après cette petite scène, un matin, M. Beethoven entra dans la chambre de sa femme ; son air triste et inquiet frappa cette dernière d'étonnement.

— Qu'avez vous ? lui demanda-t-elle.

— Notre aîné Ludwig me cause réellement beaucoup de chagrin, dit-il en s'asseyant près du métier où elle brodait, on ne sait pas ce que cet enfant fait ou ne fait pas, on ne sait ce qu'il aime ou ce qu'il n'aime pas : toujours seul, cherchant les endroits les plus sauvages, les plus en harmonie avec son caractère sombre, ou là-haut renfermé dans le petit réduit où il couche tête à tête avec son piano ; on croirait qu'il étudie, si, chaque fois que je l'ai prié de me jouer un air, il ne

me répondait pas : — Je ne sais pas encore
très-bien, mon père ; ce qui veut dire Je ne
sais rien. Mais ce n'est pas de cela qu'il
s'agit, reprit le ténor de la chapelle en s'in-
terrompant pour prendre une prise de ta-
bac. Vous savez que, d'après les conseils de
Simrok, je confiai Ludwig à Van der Eden,
qui s'en chargea pour rien ; Van der Eden
mort, j'allais interrompre les leçons du
petit, lorsque l'électeur me fit dire que
Nœfe, successeur de Van der Eden, se char-
gerait du petit aux frais de son excellence.
J'acceptai... mais voilà-t-il pas qu'aujour-
d'hui il prend fantaisie à son excellence
d'entendre le petit, et que je viens de recevoir un ordre d'aller ce soir au château
avec Ludwig! Ludwig, qui n'a jamais voulu
jouer devant moi, va se trouver obligé de
jouer devant la cour; jugez de mon embar-
ras, et voyez-vous mon désappointement
si l'enfant joue mal ?

— Avez-vous averti Ludwig? demanda la jeune femme.

— Non ; mais je l'entends qui rentre, et je vais lui parler. M. Beethoven ayant alors appelé son fils assez fort pour que celui-ci qui traversait le jardin pût l'entendre, il ne tarda pas à se présenter devant son père et sa mère.

— L'électeur veut vous entendre, Ludwig, lui dit son père, et juger par lui-même si vous profitez des leçons que l'on vous donne et qu'il paye.

— C'est bien, mon père, répondit Ludwig simplement.

— Mais c'est ce soir que votre présentation aura lieu, au palais même du prince, au milieu de la cour.

— C'est bien, mon père, répondit encore le petit Beethoven sans s'émouvoir.

— C'est bien, c'est bien, reprit M. Beethoven impatienté ; vous dites cela comme si c'était la chose la plus naturelle du monde que dè jouer devant deux cents personnes... Savez-vous au moins quelque morceau à effet... là... bien brillant?... Ne vous tromperez-vous point?...

— Je ne sais pas, mon père, dit Ludwig.

— Cet enfant me fera mourir de chagrin! dit **M.** Beethoven, qui, pour la première fois de sa vie, se laissa aller devant sa femme aux fâcheuses impressions que lui causait le sort de son fils.

Ludwig baissa la tête en silence, et voyant que son père ne lui parlait plus, il se retira.

Le soir venu, **M.** Beethoven, ayant mis son plus bel habit, se présenta, suivi de son fils, chez l'électeur de Cologne. Autant le père était tremblant, autant le fils montrait de l'assurance; et lui, si timide ordinairement, semblait vouloir, par son courage,

en donner à son père. Le prince les accueillit l'un et l'autre avec la plus grande
bonté ; puis montrant à Louis un très-beau
piano disposé en vue de tous les assistants,
il lui dit d'aller s'y mettre et de demander
le morceau qu'il désirait jouer.

— Que votre excellence choisisse elle-
même, dit M. Neefe prenant la parole,
mon élève exécute aussi bien les études de
Jean-Sébastien Bach, que les symphonies
de Handel.

Pendant ce colloque, Ludwig, obéissant
aux ordres du prince, s'approchait assez
hardiment du piano, lorsque tout à coup il
pâlit et recula.

Il venait d'apercevoir, debout contre
l'instrument, plusieurs jeunes filles au
milieu desquelles une, la plus grande,
la plus belle, le regardait d'un air moqueur
et impérieux à la fois ; il reconnut, dans
cette belle jeune fille de treize ans, la petite

Léonore, la compagne de son enfance,
l'élève de Dorothée, la parente du prince.

— C'est le petit Beethoven, mesdemoi-
selles, dit Léonore à ses jeunes amies, bas
et cependant assez haut pour être entendue
de Ludwig dont l'ouïe était alors d'une dé-
licatesse exquise, c'est le petit sauvage de
Bonn, comme nous l'appelions jadis... il
a grandi, mais il n'est certes pas embelli...
Mon Dieu!... qu'il est encore laid.

Il faut être réellement laid, et excessi-
vement impressionnable, pour comprendre
toutes les souffrances atroces qui assailli-
rent le pauvre petit artiste, à ces mots-là...
Un voile se répandit sur sa vue, le sang se
porta violemment à son cœur et s'y figea,
car au même instant il y sentit un froid
mortel, il chancela, et fut obligé de se re-
tenir au piano pour ne pas tomber.

—Un Allons donc, Ludwig, du courage,
prononcé par son maître M. Neefe, le rap-

pela au sentiment de ce qu'il était venu
faire chez le prince ; tout en s'asseyant
au piano, il chercha du regard son père,
et il le vit si pâle, si abattu, si différent de
ce qu'il le voyait journellement, que le
jeune, enfant comprit que s'il manquait de
courage et de force, c'était son père qui en
souffrirait le plus : cette pieuse pensée lui
redonna son énergie; et comme s'il eût voulu
braver jusqu'à la personne qui lui causait
son émotion, et son émotion elle-même, en
posant les doigts sur le clavier il leva les
yeux sur Léonore.

Elle était toujours là, debout devant lui,
la fière et belle demoiselle, le sourire moqueur, le front superbe. Il la regarda à
deux reprises : la première fois, d'un air de
reproche empreint de la plus cruelle tristesse ; la seconde fois ayant réuni dans son
œil noir le défi le plus grand, le comman-
dement le plus impérieux. On lisait si claire-

ment sur son front : — Insensée, qui me
méprises parce que je suis né dans une classe
plus obscure que la tienne, écoute et tais-
toi, le talent rapproche les distances, que
Léonore, comme ne pouvant supporter le
poids de ce regard profond, baissa la tête et
écouta.

Au même instant, Ludwig, sans prélu-
des, sans toutes ces vaines formalités qui
consistent ordinairement à préparer l'artiste et le silence de la société, frappa seulement trois accords sur le piano, et sans
musique devant lui, de tête ou de mémoire,
on ne savait, joua un morceau en *la bémol*
sur des mesures si graves, si larges, dont
l'harmonie était tellement empreint de cette
mélancolie tendre, de cette austère tristesse
qui faisait le fond de ce caractère étrange,
que tous les assistants semblaient pour
ainsi dire suspendus aux doigts de ce jeune
et étonnant prodige. Quand il cessa de

jouer, c'est-à-dire quand ses doigts s'arrê-
tèrent, on aurait pu compter toutes les
respirations qui s'arrêtaient pour écouter
encore. L'émotion était sur tous les visa-
ges. Quant à M. Beethoven, cet homme si
froid en apparence pleurait à chaudes
larmes.

— Parfait, parfait, dit l'électeur rom-
pant le premier le silence du salon, c'est
admirablement exécuté! Qu'en dites-vous,
monsieur Junker? ajouta le prince en se
tournant vers un monsieur assis à sa gauche, et qui était un savant compositeur.

— Je suis de l'avis de son excellence,
répondit tout haut le compositeur; seulement, c'est dommage que cet enfant joue
de mémoire.

Ces dernières paroles étant arrivées à
l'oreille de Ludwig, il ne put s'empêcher
de rire.

— De qui est donc le morceau que tu

viens de jouer ? lui demanda M. Neefe.

— De moi , dit Louis.

— De toi, s'écria M. Junker, impossible !

— Ce n'est pas impossible , reprit le maître de Ludwig ; cet enfant s'est déjà exercé à la composition ; je connais déjà trois sonates pour le piano et des variations pour une marche que certes ne désavoueraient pas bon nombre de compositeurs... Mais j'avoue que je ne connaissais pas ce morceau. Quand l'as-tu donc composé ? ajouta M. Neefe s'adressant à son élève.

— A présent, dit celui-ci d'un ton si naturel qu'il convainquit tout le monde excepté M. Junker.

— Ce serait donc un morceau improvisé ? dit-il de l'air le plus douteux... allons donc !. .

— Mais oui, monsieur, répondit Lud-

wig indigné de voir mettre en question
sa véracité.

— Improviserais-tu tout de suite, sur
un thème donné ?... lui demanda M. Junker...

— Pourquoi pas ? dit seulement le petit
Beethoven.

— Je veux essayer ; avec la permission de
Son Excellence, reprit M. Junker se le-
vant, choisissant un thème dans la musique
éparse sur le piano, et la mettant sous les
yeux du jeune artiste :

— Essaie - donc, lui dit - il brusquement...

Ludwig se remit au piano, et, sans hésiter, avec la plus admirable facilité, il joua
d'arbord le thème, puis il improvisa sans
effort, et ayant l'air seulement de badiner
avec les touches, les plus étranges, les
plus délicieuses variations.

— Je te proclame notre maître à tous,

lui dit M. Junker avec tout l'enthousiasme
d'un grand artiste, quand l'enfant eut fini.

Ce fut alors qu'heureux et fier, et des
éloges du prince qui les accompagnait
d'un beau cadeau, et des compliments
des assistants, et surtout de l'heureux at-
tendrissement qu'il lisait sur le front de
son père, dans ses yeux baignés de dou-
ces larmes, Ludwig chercha dans la foule
le visage de la jeune Léonore... la moque-
rie, l'insolent orgueil, tout avait disparu,
et avait fait place à un doux et timide em-
barras.

— Monsieur Ludwig, lui dit-elle en
détachant le bouquet de sa ceinture, voulez-vous accepter, en échange des myosotis que vous me donnâtes il y a six ans,
cette bruyère de mon jardin?

Elle l'avait appelé monsieur, elle qui
tout à l'heure encore ne disait de lui, en le
désignant, que le petit Beethoven... Com-

ment une demi-heure l'avait-elle donc ainsi grandi aux yeux de cette riche et jeune demoiselle? — Oh! la puissance du talent, la magie de l'art, ce n'est donc pas un vain rêve. Ludwig prit le bouquet, et lui qui avait trouvé des regards pour défier cette jeune fille quand, insolente et fière, elle se moquait de lui, il n'en trouva plus lorsqu'elle même baissait ses grands yeux bleus devant les siens. Il alla cacher dans les bras de son père et son émotion et son bonheur.

— Mon fils, lui dit ce dernier en l'embrassant, je ne te connais que de ce soir. Ce soir me paye toutes mes inquiétudes sur ton sort, et me rassure sur ton avenir. — Beethoven, ajouta-t il lui donnant pour la première fois ce nom d'aîné de la famille, tu seras un jour le soutien de ta mère et de tes frères ; ne l'oublie jamais, mon fils.

Le prince, mes chers et jeunes lecteurs, ne borna pas là ses bienfaits envers le jeune Beethoven ; sachant qu'il annonçait du goût pour l'orgue, il lui assura la survivance de Neefe, avec le titre d'organiste de la cour, et l'envoya passer quelques années à Vienne, pour y achever ses études théoriques et pratiques, sous la direction du célèbre Haydn. Haydn accueillit le jeune homme avec bonté, mais ce fut tout ; il ne comprit pas d'abord tout le génie que renfermait cette jeune âme. Mozart fut plus clairvoyant ; en 1790, Beethoven ayant fait un autre voyage à Vienne, exprès pour voir et pour entendre l'auteur de *Don Juan*, celui-ci le pria de jouer quelque chose suivant son habitude et son goût. Beethoven improvisa ce qu'il joua ; comme Mozart ne témoignait ni joie, ni surprise, se contentant de dire seulement : C'est bien exécuté ; Beethoven lui demanda ce qu'il pensait du

morceau. — Je n'en connais pas l'auteur,
dit-il. — L'auteur, c'est moi ; et j'impro-
vise, reprit Beethoven : si vous en doutez,
donnez-moi un thème, vous verrez.

Mozart nota sur-le-champ un motif de
fugues chromatiques qui, pris à rebours,
contenait un contre-sujet pour une double
fugue ; sans se laisser prendre à ce piége,
Beethoven chercha le sens caché du motif,
le devina, et le travailla pendant trois
quarts d'heure avec tant d'originalité, de
grâce, de vrai talent, que Mozart, étonné,
captivé, retenait son haleine, de peur de
perdre une note, et enfin, passant sur la
pointe du pied dans la chambre voisine,
où ses amis étaient rassemblés, il leur dit :

— *Prenez garde à ce jeune homme !
quelque jour vous entendrez parler de lui.*

Beethoven avait un ami de son âge
nommé **Wolff**, qui devint son rival, sans
pour cela cesser d'être son ami ; c'était une

rivalité pleine de noblesse et de candeur ;
Wolff, protégé par le baron Raimond de
Wezslar, voyait son ami soutenu par le
prince de Lichnowski , et c'était tous les
jours de charmants assauts de musique
dans la villa du baron. Autant Beethoven
se montrait impétueux, hardi, mysté-
rieux , plein de contraste ; autant Wolff se
faisait remarquer par son harmonie conti-
nuellement égale , douce , et rappelant la
méthode de Mozart.

Sur ces entrefaites, l'électeur Maximilien mourut , et Beethoven sans protecteur
ne trouva plus que dans l'exercice de son
talent des ressources suffisantes pour vivre, lui et ses frères. Il s'établit tout à
fait à Vienne , où le commerce intime de
Caliari l'engagea à travailler pour le théâ-
tre. L'opéra de *Léonore* , représenté d'a-
bord à Prague , sous le nom de *Fide-
lio*, n'obtint primitivement qu'un médiocre

succès ; mais, l'année suivante, il prit
à Vienne une revanche complète. A peu
près vers cette époque, dans l'espace de
deux années, Beethoven composa l'*Ora-
torio du Christ au Jardin des Olives*, les
Symphonies héroïques et pastorales, et plusieurs concertos de piano qu'il exécuta
dans des concerts donnés à son bénéfice.

Mais, hélas ! ce fut au milieu de ces pro-
digieux travaux et de ses plus brillants succès, dans les plus belles années de sa vie,
à vingt-huit ans, que ce grand artiste
éprouva les atteintes de l'infirmité la plus
cruelle pour un musicien. Tous les jours
il s'apercevait qu'il entendait moins ; enfin, un jour, malgré toutes les ressources de l'art, il n'entendit plus du
tout. Son oreille si fine, si délicate, ne
lui transmettait plus aucun son, et lui,
si sensible à la musique, lui, voyant
chacun s'extasier sur la sienne, restait

froid, insensible ; il n'entendait rien, rien ;
il était mort à l'harmonie, mort aux accents divins, mort à toutes les jouissances
que l'ouïe communique à l'âme. Cependant il composait toujours, mais ses plus
grands chefs-d'œuvre restaient empreints
de cette grandeur sauvage et mélancolique
que sa grande âme traînait après lui. Sa
fortune n'étant pas aussi élevée que sa
gloire, Beethoven allait être obligé d'accepter la place de maître de chapelle à
Cassel, que lui offrait le roi de Westpha-
lie, lorsque l'archiduc Rodolphe, depuis
cardinal archevêque d'Olmutz, et les princes
Lobkowitz et Kinsky lui assurèrent quatre
mille florins de rentes, à condition qu'il ne
quitterait pas le territoire autrichien. Beethoven resta donc dans la ville où il
avait acquis sa gloire et écrit ses chefs-
d'œuvre. Mais les éloges de toute l'Eu-
rope allèrent le chercher dans sa retraite.

Paris lui envoyait une médaille frappée en son honneur ; Londres un piano sur lequel les noms des donateurs étaient inscrits , ces noms étaient : Clementi , Cramer, Kalkprenner, Moschelès , sir George Smart , etc., etc.

Quoi de plus triste et de plus touchant que les adieux de ce grand et malheureux artiste à ses frères !... Seulement âgé de trente-quatre ans , la surdité l'avait rendu si sauvage et si craintif, que chacun se méprenait sur ses souffrances morales , et l'accusait de haïr le genre humain ; le haïr ! lui dont le sœur était tout sentiment : lisez seulement ces quelques lignes de son testament , daté du 6 octobre 1802.

« O hommes qui me croyez haineux , intraitable et misanthrope , et qui me représentez comme tel ; combien vous me faites tort ! vous ignorez les raisons qui font que je parais ainsi. Dès mon enfance , j'éta's porté de cœur et d'esprit au sentiment de la bienveillance , j'éprouvais même le besoin de faire de belles actions... Mais songez que , depuis six années , je souffre d'un mal terrible qu'aggravent d'ignorants médecins ; que bercé d'année en année par l'espoir d'une amélioration , j'en suis venu à la perspective d'être sans cesse sous l'influence de ce mal dont la guérison sera fort longue , peut-être impossible..... »

Plus loin il dit :

« Il m'était impossible de dire aux hommes : *parlez plus haut, criez, je suis sourd;* comment me résoudre à avouer la faiblesse d'un sens qui aurait dû être chez moi plus complet que chez tout autre..... »

Et plus loin encore :

«....De quel chagrin j'étais saisi quand quelqu'un se trouvait à côté de moi , entendait de loin une flûte et que je n'enten-

dais rien!.... Quand il entendait chanter
un pâtre, et que je n'entendais rien ! . . .

. . . .

. . . .

C'est ainsi que je continuai cette vie misérable! oh! bien misérable! avec une orga-
nisation si nerveuse, qu'un rien peut me
faire passer de l'état le plus heureux à l'état
le plus pénible. Patience! c'est le nom du
guide que je dois prendre et que j'ai déjà
pris........... devenir philosophe dès l'âge
de vingt-huit ans, ce n'est pas facile, moins
encore pour l'artiste que pour qui que ce
soit........ »

Ainsi Beethoven ne supportait la vie
que comme un fardeau qu'il se sentait las
de porter et qu'il ne demandait pas mieux
que de quitter. Il vécut ainsi, toujours souf-
frant, jusqu'au 26 mars 1827, où il suc-
comba sous le double poids de la maladie et
des chagrins causés par cette même ma-

ladie. Il était alors âgé de cinquante-sept
ans. Sa maxime était :

« *La vie est courte, la science est éter-
nelle.* »

FIN.

TABLE.

www.ingramcontent.com/pod-product-compliance
Lightning Source LLC
Chambersburg PA
CBHW060813180626

46818CB00002B/811